AF305611

1872   9 Décembre

CATALOGUE

DE

TRÈS BEAUX LIVRES FRANÇAIS

DE LITTÉRATURE ET D'HISTOIRE
ET D'OUVRAGES SUR LA RÉFORMATION AU XVIᵉ SIÈCLE

RELIÉS PAR BAUZONNET, CAPE, HARDY, ETC., ETC.

Dont la vente aura lieu le lundi 9 et mardi 10 décembre 1872
à 1 heure et demie précise

Hôtel des commissaires-priseurs, rue Drouot

Au premier, salle nᵒ 4

Par le ministère de Mᵉ DELBERGUE-CORMONT, commissaire-priseur

Rue de Provence, 8

Exposition publique le dimanche 8 décembre de 2 à 5 heures

PARIS

ADOLPHE LABITTE, LIBRAIRE

DE LA BIBLIOTHÈQUE NATIONALE

4, RUE DE LILLE, 4

—

1872

Paris. — Typographie Georges Chamerot, rue des Saints-Pères, 19.

CATALOGUE

DE

TRÈS-BEAUX

LIVRES FRANÇAIS

DE LITTÉRATURE ET D'HISTOIRE

ET D'OUVRAGES SUR LA RÉFORMATION

RELIÉS PAR BAUZONNET, HARDY, CAPÉ, THIBARON, ETC., ETC.

THÉOLOGIE

ET

OUVRAGES SUR LA RÉFORMATION.

---

1. **LA SAINTE BIBLE**, selon la Vulgate, traduct. nouvelle, avec les dessins de Gustave Doré. *Tours, Mame*, 1866, 2 vol. in-fol. mar. br. mors de mar. doublés de moire, tr. dor. (*David.*)

L'un des exemplaires sur **PAPIER DE CHINE**. Cet exemplaire contient les 16 planches complémentaires de la 2ᵉ édition.

2. THE IMAGES OF THE OLD TESTAMENT, lately expressed. *Printed at Lyons, by Joan. Frellon*, 1549, pet. in-4, figures sur bois, mar. bl. jans. tr. dor. (*Trautz-Bauzonnet.*)

Très-bel exemplaire.

3. M. ANTONII FLAMINII paraphrasis in triginta psalmos versibus conscripta; ejusdem de rebus divi-

nis carmina. *Lutetiæ, apud Carolum Stephanum,*
1552, pet. in-8, mar. rose, tr. dor.

Aux armes du marquis de Morante.

4. LE NOUVEAU TESTAMENT de N.-S. J.-C., traduit en
françois. *Paris, Gaspard Migeot,* 1667, 2 vol.
in-12, mar. r. fil. tr. dor. armes sur les plats.
(*Anc. rel.*)

5. LE NOUVEAU TESTAMENT de N.-S. Jésus-
Christ, trad. en françois, avec des notes (par Me-
sanguy). *Paris, Desaint et Saillant,* 1752, 2 vol.
in-12, mar. r. fil. tr. dor.

Aux armes de Marie Leczinska.

6. LES CENSURES des théologiens de Paris, par lesquelles ils auoyent faulsement condamné les bi-
bles imprimées par Robert Estiène, imprimeur du
roy; avec la response d'iceluy Robert Estiène;
traduictes du latin en françois. *L'Olivier de Robert Estienne (Paris),* 1552, in-8, mar. r. fil. tr.
dor. (*Hardy.*)

7. SPECULUM PASSIONIS Domini Nostri J. C. (Ad
finem :) *Per doctorem Udalricum Pinder, in
civitate imperiali Nurembergensi, impressum*
MCCCCCVII, in-fol. car. r. 2 col. mar. la Vall.
dent. int. (*Trautz-Bauzonnet.*)

Ouvrage orné de grandes gravures sur bois, et d'un grand nombre de pe-
tites. Celle du verso du feuillet 78 porte le monogramme de Hans Schauffelin.

8. INSTRUTTIONI, ordini ed avvisi dati dall' Em. Card.
Fed. Borromeo, arcivescovo di Milano. *In Milano*
(1631), pet. in-8, mar. r. fil. (*Aux armes de Colbert.*)

9. LE CATÉCHISME, c'est-à-dire le Formulaire d'ins-
truire les enfans en la chrestienté, fait en manière
de dialogues, où le ministre interrogue et l'enfant
respond (par Calvin). *S. l., Zacharie Durand,*
1556. — La Forme des prières ecclésiastiques, avec
la manière d'administrer les sacrements, et célé-
brer le mariage, et la visitation des malades. *S. l.,
Zacharie Durand,* 1556, in-16. vél. (*Rare.*)

10. Sensuyt le prologue de ce présent livre intitulé le Fleur de dévotion, adressée de cœur ardent à cœur contemplatif... (A la fin :) *Imprimé nouvellement à Paris par Alain Lotrian et Denys Janot, s. d.*, pet. in-4, mar. r. compart. dor. tr. dor. (*Hardy.*)

11. Le Mirouer des vanitez et pōpes du monde, pris et extrait des sermōs saīt Augusti et saīt Bernard. *S. l. n. d.*, pet. in-4 gothique, v.

Exemplaire très-rogné, lignes emportées.

12. Les Anciennes Liturgies (par M.-J. Grancolas). *Paris, J. de Nully,* 1797-99, 3 vol. in-8, mar. r. fil. tr. dor.

Aux armes de Letellier de Courtauvaux.

13. Meneses (don Alexis de). La Messe des anciens chrétiens dicts de S. Thomas en l'évesché d'Angamal, ès Indes orientales, repurgée des erreurs et blasphèmes du nestorianisme. *Anvers, Verdussen,* 1609, 1 vol. in-12, v. f. (*Aux armes de lord Stuart de Rothsay.*)

Rare.

14. Bossuet. Traité de la communion sous les deux espèces. *Paris, Cramoisy,* 1682, 1 vol. in-12, mar. brun, tr. dor. jans. (*Hardy.*)

Édition originale.

15. Ordinationes Synodales civitatis et diœcesis Senonensis. *Senonis, excudebat Giraud,* 1554, pet. in-8, mar. r.

Bel exemplaire aux armes de Colbert.

16. Le Propriaire des conciles de l'Eglise catholique, avec le scisme et la différence d'iceulx; faict par Jean le Maire de Belges. *Paris, Denys Janot.* 1545, in-16, mar. r. jans. tr. dor. (*Hardy.*)

17. Concilium provinciale Aquileinse primum, celebratum anno Domini 1596. *Vtini, apud Jo. Baptistam Natolinum,* 1598, pet. in-4, mar. r. fil.

Aux armes de Colbert.

18. D. GREGORII NAZIANZENI Operum omnium quæ
exstant. *Parisiis, apud Sebast. Nivellium,* 1583,
2 vol. in-fol. mar. v. fil. tr. dor.

Aux armes du cardinal de Bourbon.

19. D. A. AUGUSTINI, Hipponensis episcopi, li-
bri XIII Confessionum... opera et studio R. P. H.
Sommalii e Soc. Jesu. *Lugduni (Batavorum), apud
Dan. Elzevirium,* 1675, pet. in-12, vél.

20. LES VIES DES EVESQUES et Papes de Rome, depuis
la dispersiõ des disciples de Jésus-Christ jusques
à Pie IV, à présent régnant; par lesquelles suc-
cessivement on pourra voir l'estat de l'Eglise et les
idolatries et les superstitions qui de longue main
ont esté introduites en icelle, extraites du grand
catalogue des escrivains d'Angleterre, par Jean
Balée, Anglois, et divisées en trois classes et sept
livres. *Lyon,* 1563, in-16, mar. r. jans. tr. dor.
(*Hardy.*)

21. FAMILIER ESCLAIRCISSEMENT de la question si une
femme a esté assise au siége papal de Rome entre
Léon IV et Benoist III, par David Blondel. *Amsterdam, Jean Blaeu,* 1647, pet. in-8, mar. r. jans.
tr. dor. (*Hardy.*)

22. DE SANCTORUM MARTYRUM cruciatibus Antonii
liber. *Coloniæ, apud Joan. Gymnicum,* 1802, pet.
in-8, fig. sur bois. mar. r. fil. tr. dor. (*Hardy.*)

23. HISTORICA RELATIO duodecim martyrum cartusianorum in Ruramonda ducatu anno 1572.... auctore Arnoldo Havensio. (*Coloniæ*), 1608, pet. in-8,
fig. de J. Léopold, mar. r. jans. tr. dor. (*Hardy.*)

24. HISTOIRE des persécutions et martyrs de l'Église
de Paris, depuis l'an 1557 jusques au temps du roi
Charles IX. *Lyon,* 1563, in-12, mar. r. (*Ancienne
reliure.*)

Exemplaire de M. Yemeniz. Très-rare.

25. MARCONVILLE (Jean de), gentilhomme percheron.
Traité enseignant d'où procède la diversité des

opinions des hommes, ensemble l'excellence de la loy chrestienne sur toutes les autres. *Paris, J. Dalliez*, 1563, in-12, mar. rouge, tr. dor. (*Hardy.*)

Léger raccommodage au titre.

26. TRAITÉ DES ABUS de la critique en matière de religion, par le P. de Laubrussel. *Paris, Grégoire du Puis*, 1710-11, 2 vol. in-12, mar. r. tr. dor.

Aux armes de Philippe V, roi d'Espagne.

27. Catalogus hæreticorum omnium qui ad hæc usque tempora passim litterarum monumentis proditi sunt a Bernardo Lutzenburgo conscriptus. *Parisiis, apud Joannem Parvum*, 1544, in-4, demi-rel. dos et coins de mar. viol. (*Capé.*)

28. ENCHIRIDION locorum communium Joannis Eckii, adversus Martinum Lutherum et asseclas eius; interiecta sunt noua quædam, hactenus impressa nunquam, XXI articuli anabaptistarum, per D. J. Cochleum consultati, et unde suam habeant originem... *Antuerpiæ, in ædibus Joan. Steelsii*, 1535, pet. in-8, mar. jans. tr. dor. (*Hardy.*)

29. ARÉTIN (Pierre). Trois Livres de l'humanité du Christ, nouvellement traduits en françois. *S. l.*, 1537. Dédiés à la reine de Navarre. 1 vol. in-12, mar. rouge, tr. dor. jans. (*Hardy.*)

Rare.

30. POSTEL. Sacrarum apodixeon seu Euclidis Christiani libr. II. *Paris, P. Gromorsius*, 1543, in-12, mar. bleu à compart. tr. tr.

Exemplaire de Renouard, gardes en peau de vélin.

31. POSTEL (Guillaume). Les Très-Merveilleuses Victoires des femmes du nouveau monde. *Sur l'imprimé de J. Ruelle*, 1553, in-12, mar. rouge, dos orné, 3 filets. (*Hardy.*)

Réimpression du dix-huitième siècle, reliée sur brochure. Très-bel exemplaire.

32. POSTEL (Guillaume). Compositio omnium dissidiorum circa æternam veritatem non solum inter eos

qui judæorum, hæreticorum et catholicorum no-
mine vocantur, sed jam ab admissis per peccatum
circa nostrum intellectum tenebris fuere inter ecclesiæ peculiaris et communis membra (scriptore
Elia Pandocheo). *S. l. n. d.*, in-12, mar. rouge,
tr. dor. (*Anc. rel.*)

Rare.

33. LA GUERRE et controverse des Colonnois, contre le sainct siége apostolique, publiée par la bulle
de N. S. P. Paul IIII, sur la confiscation de Ascai-
gne, et Marc-Anthoine Colonnois, *Paris, P. Gaultier*, 1556, pet. in-8 de 7 ff. mar. r. jans, tr. dor.
(*Hardy.*)

34. DEFENSIO orthodoxæ fidei de sacra Trinitate,
cōtra prodigiosos errores Michaelis Serueti Hispani,
ubi ostenditur hereticos iure gladii coercendos
esse, et nominatim de homine hoc tam impio iuste
et merito sumptum Genevæ fuisse supplicium, per
Joannem Caluinum. *Oliua Roberti Stephani*,
1554, pet. in-8, mar. r. fil. tr. dor. (*Hardy.*)

35. TRAITTÉ DES RELIQUES, ou Advertissement très-
utile du grand profit qui reviendroit à la chrestienté s'il se faisoit inventaire de tous les corps
saincts et reliques, qui sont tant en Italie qu'en
France, Allemagne, Espagne et autres royaumes
et pays; par Jean Calvin. — Autre Traitté des reliques contre le décret du concile de Trente, trad.
du latin de M. Chemnicius; inventaire des reliques de Rome, mis d'italien en françois; Réponse
aux allégations de Robert Bellarmin pour les reliques. *Genève, Pierre de la Rovière*, 1599, pet.
in-8, mar. v. fil. tr. dor. (*Allo.*)

36. CALVIN. Lettres à Jacque de Bourgogne, seigneur
de Falaize, et à son épouse, imprimées sur les ori-
ginaux. — Apologia illustris D. Jacobi a Burgun-
dia, quâ apud imperatoriam majestatem injustas
sibi criminationes diluit fideique suæ confessionem

edit. *Amsterdam*, *Wetstein*, 1744, 4 vol. in-8,
demi-rel. v. f. do. orné.

Rare, avec l'apologie.

37. De Beze. De Hæreticis a civili magistratu pu-
niendis libellus. *Paris*, *Robert Estienne*, 1554,
in-8, mar. rouge, tr. dor. (*Hardy.*)

Rare.

38. Christiana Confessio de cœna Domini exhibita
nuper quibusdam theologis. *A Johanne Candido,*
s. l., 1560, in-12, mar. rouge, tr. dor. jans.
(*Hardy.*)

Très-rare et bel exemplaire

39. Postremus Catalogus Hæreticorum Romæ con-
flatus 1559, continens alios quatuor catalogos, qui
post decennum in Italia, necnon eos omnes, qui
in Gallia et Flandria post renatum evangelium
fuerunt æditi, cum annotationibus Vergerii. *S. l.*,
1560, pet. in-8, mar. r. jans. tr. dor. (*Hardy.*)

40. Bullinger. Doctrinæ evangelicæ et papisticæ an-
tithesis et compendium. *S. l.*, 1560, in-12, v. m.
tr. dor., portrait ajouté de Bullinger.

Rare.

41. Martyrologium magnum. Histoire des martyrs
et des persécutions contre les réformés en 1560;
traduite *en grison* par Conradino Nolano. *L. Ja-*
net, 1718, in-4.

42. Regnum Christi spirituale depictum, item mo-
nomachia ægroti et Sathanæ, auctore Joanne
Breidbachio. *Coloniæ*, 1561, in-12, vél.

Rare.

43. Charles Choquart, advocat. Epistre à monseigneur de Montpensier touchant l'état de la religion chrestienne. *Anvers, J. Mollins*, 1561, in-12,
mar. rouge, tr. dor. (*Hardy.*)

Titre lavé, très-rare.

44. G. Ruzé. Petit Traité de Vincent Lirinense,
François de nation, pour la vérité et antiquité de

la foy catholique contre les prophanes nouveau-
tez de toutes hérésies. *Paris, Vascosan*, 1561,
in-12, v. f. (*Anc. rel.*)

45. Hozie (Stanislas), évèque de Varme en Pouloi-
gne. Des Sectes et Hérésies de nostre temps. *Paris, Vascosan*, 1561, in-12, mar. rouge, tr. dor.
jans. (*Hardy.*)
   Rare.

46. La Harangue faicte par les légats du sainct-
siége apostolique, en l'ouverture du concile, aux
pères estans en iceluy; translatée de latin en françois. *Paris, G. Nyverd*, 1561, plaquette in-12,
mar. rouge, jans. (*Hardy.*)

47. A. du Val. Demandes et Répliques à Jean Calvin sur son livre de la Prédestination. *Paris, Nicolas Chesneau*, 1561, in-12, mar. rouge, jans.
(*Hardy.*)

48. Duval (Antoine). Les Contrariétés et contredicts
qui se trouvent en la doctrine de Calvin, de Luther
et autres nouveaux évangélistes, recueilliz des
œuvres d'un auteur inconnu et de Guillaume Lindan, évesque allemand. *Paris, Chesneau*, 1561,
in-12, mar. rouge, tr. dor. (*Hardy.*)
   Rare.

49. Les Graves et sainctes Remonstrances de l'em-
pereur Ferdinand, à nostre sainct père le pape
Pie, quatrième de ce nom, sur le faict du concile
de Trente et des choses proposées en iceluy. *Paris, Nicolas Chesneau*, 1563, in-12, mar. rouge,
jans. (*Hardy.*)

50. Le Grand et admirable Signe de Dieu apparu au
ciel, contraire à la blaspheme faulsement propo-
sée en la personne de nostre sainct père le Pape
par ceulx de la nouvelle religion, l'appelant Ante-
christ, par M. Artus Desiré. *Paris, Thibault Bes-
sant*, 1563, pet. in-4 de 16 ff. mar. r. tr. dor.
(*Hardy.*)

51. Discours sur le saccagement des églises catholiques, par les hérétiques anciens et nouveaux calvinistes, en l'an mil cinq cens soixante-deux, par F. Claude de Sainctes, théologien à Paris. *Paris, Claude Frémy*, 1563, pet. in-8, mar. r. fil. tr. dor. (*Hardy.*)

52. H. DE LA HAYE. De la Présence du corps de Christ en la Cène. *S. l.*, 1564, 1 vol. in-12, m. r. janséniste. (*Hardy.*)

Très-rare.

53. EPISTRE D'ANTOINE GVERIN à François Baldvin, apostat et imitateur d'Ecebolius. *Lyon, Antoine Cercia*, 1564, plaquette in-12, mar. rouge, janséniste. (*Hardy.*)

54. LA PAPIMANIE de France, avec une copie de certaine bulle papale, qui semble préjudiciable à la couronne de France. *S. l.*, 1567, pet. in-8 de 16 ff. mar. r. jans. tr. dor. (*Hardy.*)

55. SACONAY (Gabriel de). La Vraye Idolatrie de nostre temps. *Lyon, Michel Jove*, 1568, 1 vol. in-12, mar. rouge, tr. dor. (*Hardy.*)

56. DISCOURS CATHOLIQUE sur les causes et remèdes des malheurs intentés au roy et escheus à son peuple par ses rebelles calvinistes. *Lyon, Michel Jove*, 1568, 1 vol. in-12, mar. rouge, tr. dor. (*Hardy.*)

Ce livre rare est attribué à Gabriel de Saconay.

57. APOLOGIE, ou Défence pour les chrestiens de France qui sont de la religion évangélique ou réformée, par laquelle la pureté d'icelle religion est clairement démontrée, dédiée au roi de Navarre, Henri d'Albret. *Orange*, 1568, 1 vol. in-12, m. r. dos orné. (*Hardy.*)

58. DIALOGUS quo multa exponuntur quæ lutheranis et Hugonotis Gallis acciderunt. *Orange*, 1573,

1 vol. in-12, mar. rouge, tr. dor. dos et plats ornés, exempl. réglé.

Première et rare édition du récit de la journée de la Saint-Barthélemy.

59. Défense pour M. de Monluc, évesque de Valence, contre un livre naguères imprimé soubs le nom de Zacharias Funestarus, traduit de latin en françois. *Paris, Robert le Mangnier*, 1575, 1 vol. in-12, mar. rouge, tr. dor. (*Hardy*.)

Très-rare.

60. LAUNOY (de). Défense de Mathieu de Launoy et d'Henry Pennetier, naguères ministres de la prétendue religion réformée, retournés au giron de l'Eglise catholique, contre les fausses accusations des ministres de Paris, Sedan et autres. *Paris, Guillaume de la Noue*, 1578, 1 vol. in-12, mar. rouge, tr. dor. janséniste (*Très-rare*.)

61. MATHIEU DE LAUNOY et Henri Pennetier, naguères ministres de la p. religion réformée, la déclaration et réfutation des fausses suppositions et perverses applications d'aucunes sentences des sainctes Ecritures. *Paris, Guill. de la Noue*, 1578, 1 vol. in-12, mar. rouge, tr. dor. jansén. (*Hardy*.)

Rare.

62. THÉODORE DE BÈZE. Histoire ecclésiastique des églises réformées au royaume de France. *Anvers, Jean Rémy*, 1580, 3 vol. in-12, mar. rouge, tr. dor. dos orné. (*Hardy*.)

Rare et très-bel exemplaire.

63. LE RETOUR D'UN GENTILHOMME à la religion catholique, par Jean de Lavardin, abbé de l'Estoille. *Paris, Robert le Fizellier*, 1582, pet. in-8, mar. r. jans. tr. dor. (*Hardy*.)

64. HAY (Jean). Demandes faites aux ministres d'Ecosse touchant la religion chrestienne, reveues et de l'escossois mises en nostre langue françoise. *Lyon, J. Pillehotte*, 1583, 1 vol. in-16, mar. r. tr. dor. jans..(*Hardy*.)

65. Jean Haren. Bref Discours des causes qui ont meu J. Haren, jadis ministre, de quitter la religion prétendue réformée, pour rentrer au giron de l'Église catholique. *Anvers*, 1587, 1 vol. in-12, vél. bl.

66. CONFÉRENCE faicte avecq M. Loys Bontemps, dict la Caillière, médecin, et un nommé de Clairville, tous deux ministres de Loudun en Poictou, et autres prétéduz fidèles, lesquels ont donné responces et replicques par l'advis de plusieurs de leurs synodes, touchant la vénération, priere, et intercession des saincts, faicte et tenue en latin par M. Michel Bizœul P., lors curé de Monstreul-Bellay, audict Poictou, et depuis fidellement mise et rapportée en langue françoyse, de mot à mot, par ledict Bizœul, suyuāt les originaulx, soubscriptz et soubsignez. *Paris, Michel de Roigny*, 1586, pet. in-8, mar. r. fil. tr. dor. (*Hardy.*)

67. THÉATRE DES CRUAUTEZ des héréticques de nostre temps, trad. du latin en françois. *En Anvers, chez Adrien Hubert*, 1588, in-4, fig. maroq. r. fil. tr. dor.

Bel exemplaire en ancienne reliure ; la dernière planche représente le supplice de Marie-Stuart.

68. RESPONCE faicte par un religieux des Feullans, à la lettre que son père lui avoit escrite, pour le retirer de religion. *S. l.*, 1588. pet. in-8, mar. r. jans. tr. dor. (*Hardy.*)

69. VERA ASSERTIO de verà communione corporis et sanguinis D. N Jesu Christi. *S. l. n. d.*, 1 vol. in-12, mar. r. jansén. (*Thibaron.*)

Très-rare.

70. DRELINCOURT (Charles). Abrégé des controverses, ou Sommaire des erreurs de l'Eglise romaine. *Genève, J.-Ant. et Samuel de Tournes*, 1 vol. in-16, mar. rouge, tr. dor. (*Hardy.*)

Édition revue par l'auteur.

71. Les Dernières Heures de monsieur Drelincourt. *Genève, Ant. et Sam. de Tournes*, 1671, 1 vol. mar. rouge, tr. dor. (*Hardy.*)

72. Gentian Hervet d'Orléans. Catéchisme et Sommaire de la foy et devoir du vray chrestien, selon la doctrine évangélique, contenant en brief ce que tout chrestien doit fermement croire, garder et maintenir contre les hérésies de ce temps, recueilly des œuvres de Guillaume Lindan, évesque allemand. 1 vol. in-12, mar. rouge, tr. dor. (*Hardy.*)

Rare.

73. La Confusion des disputes papistes, par Daniel Chamier. *Genève, Fr. le Preux*, 1600, pet. in-8, mar. v. fil. tr. dor. (*Allô.*)

74. J. Calvin. Advertissement très-utile du grand profit qui reviendroit à la chrestienté, s'il se faisoit inventaire de tous les corps saincts et reliques qui sont tant en Italie qu'en France et autres royaumes. *Pontorson, Jean le Fèvre*, 1601, 1 vol. in-12, mar. rouge, tr. dor. (*Hardy.*)

Très-rare.

75. Innocentia et Constantia victrix; sive Commentariolus de vitæ ratione et martyrio octodecim cartusianorum qui in Anglia sub rege Henrico VIII, ob ecclesiæ defensionem ac nefarii schismatis detestationem, crudeliter trucidati sunt : edita primum a R. P. F. Mauricio Chaucœo... *S. l.*, 1608, pet. in-8, fig. sur bois, mar. r. jans. tr. dor. (*Hardy.*)

76. De desperata Calvini causâ tractatus autore Petro Cudsēmio. *Moguntiæ*, 1609, 1 vol. in-12, mar. rouge, tr. dor. jansén. (*Hardy.*)

77. Le Panthéon Huguenot, découvert et ruiné contre l'aucteur de l'idolatrie papistique, ministre de Vauuert, cy-devant d'Aiguesmortes, par Louis

Richeome. *Cambray, Jean de la Riuière*, 1610, pet. in-8, titre gravé, mar. r. fil. tr. dor. (*Hardy.*)

78. La Sibille françoise, ou Dernière Remonstrance au roy, où sont briefvement discourües les plus importantes raisons qui peuvent mouvoir Sa Majesté à se résoudre sur le rétablissement des Jésuites. *Ville-France*, 1602. — Complainte au roy sur la Pyramide. *S. l. n. d.* — Le Tocsin, au roy, à la royne régente... contre le livre de la puissance temporelle du pape, mis n'agueres en lumière par le card. Bellarmin, jésuite, par la statue de Memmon. *Paris*, 1610. — Déclaration des églises réformées de France, assemblées en Synode national, à Privas. *S. l. n. d.* — Le Franc et Véritable Discours au roy, sur le restablissement qui luy est demandé pour les Jésuites. *S. l.*, 1610. — Le Remerciment des beurrieres de Paris, au sieur de Courbouzon-Montgomméry. *A Niort*, 1610.— Coppie d'une lettre escrite à monseigneur Paulino, autresfois dataire, soubs le pontificat de Clément VIII. *S. l.*, 1611. — Harangue de maître Pierre Hardivillier, contre les pères et escolliers du collége de Clermont, le xxij décembre 1611, trad. du latin en françois, par F. R. P. *Rouen, s. d.* — Gazette des Estats et de ce temps, du seigneur Gio. Servitour, de Piera grosa, trad. d'italien en françois, le 1ᵉʳ janvier. *S. l.*, 1615, in 8, mar. r. jans. tr. dor. (*Hardy.*)

79. Excommunication de l'Eglise romaine fulminée contre les ministres de la prétendue religion réformée, ensemble : la Preuve comme Calvin est un excommunié et menteur, touchant l'invocation des saincts, par le grand et admirable docteur Theodoret, evesque de Cyr. *Paris*, *Isaac Mesnier*, 1618, 1 vol. in-12, mar. rouge, tr. dor. (*Hardy.*)

Rare.

80. Ample et fidelle narré de l'heureuse conversion de Pierre Marcha, sieur de Pras, ministre de la religion prétendue réformée ès pays de Languedoc. *Paris, J. Cottereau*, 1618, 1 vol. in-12, mar. rouge, tr. dor. jans. (*Hardy.*)
Très-rare.

81. LA MAPPE ROMAINE, contenant cinq traitez, savoir : la Fournaise romaine, l'Edome romain, l'Oiseleur romain, la Conception romaine, la Réjouissance de l'Eglise ; le tout extrait de l'anglois de T. T. (Th. Tail). *Genève, Jean de la Cerise*, 1623, in-8, titre gravé, mar. v. tr. dor. (*Duru.*)
Volume rare, le titre est réemmargé.

82. LE DÉMOCRITE des réformés, ou prétendus tels, response apologétique aux supposez motifs de l'apostasie d'Eléazar Charles, natif d'Avignon. *Lyon, Louys Muguet*, 1624, 1 vol. in-12, mar. rouge, tr. dor. jans. (*Hardy.*)

83. LE RABAT-JOYE du triomphe monacal, tiré de quelques lettres, recueillies par P. D. P. D. S. Hilaire. *A l'Isle*, 1634, pet. in-8, mar. r. jans. tr. dor. (*Hardy.*)

84. J.-L. DE ROUVRAY, cidevant premier ministre du canton de Berne, en Suisse. — L'Abomination du calvinisme. *Paris, François sans peur, imprimeur de S. M. tres-chrestienne*, 1650, 1 vol. in-4, mar. rouge, tr. dor. (*Hardy.*)

85. LA MISÉRICORDE de Dieu sur la conduite d'un pécheur pénitent (Pierre Patrix), avec quelques autres pièces chrestiennes, le tout composé et mis en lumière par luy-même, en réparation du passé. *Paris, Jules Hotot*, 1660, in-4, front. gr. mar. r. jans. tr. dor. (*Hardy.*)

86. CONTRE LA NOUVELLE APPARITION de Luther et de Calvin, les réflexions faites sur l'édit touchant la réformation des monastères. *S. l.*, 1669, 1 vol. in-16, mar. rouge, tr. dor. (*Hardy.*)
Rare.

87. LES VÉRITÉS CATHOLIQUES, ou les Justes Motifs qui ont obligé le sieur Guiffart, docteur médecin à Rouen, de quitter la religion prétendue réformée. *Rouen, Charles Osmont*, 1664, 1 vol. in-12, mar. rouge, tr. dor. jans. (*Hardy.*)

88. LA CENSURE et la Condamnation des tièdes, en deux sermons, sur les paroles de Jésus-Christ dans l'Apocalypse, prononcez à Charenton le 23 février et le 2 mars 1670, par Pierre du Bosc. *Se vendent à Charenton, par Estienne Lucas*, 1670, in-8, mar. r. jans. tr. dor. (*Hardy.*)

89. LES DERNIERS EFFORTS de l'innocence affligée, entretien de deux catholiques romains, l'un parisien, l'autre provincial, sur les moyens dont on se sert pour détruire la religion protestante en ce royaume. *Amsterdam*, 1682, 1 vol. in-12, mar. rouge, tr. dor. jans. (*Hardy.*)

90. ENTRETIENS CURIEUX, ou Dialogues rustiques entre plusieurs personnes de différens estats, composés d'un stile aisé et familier pour l'utilité de ceux de la religion réformée. *Amsterdam, chez Daniel du Fresne*, 1683, in-16, mar. rouge, jans. (*Hardy.*)

91. RÉFLEXIONS sur la triste persécution que souffre l'Eglise réformée de France. *S. l.*, 1685, 1 vol. in-12, mar. rouge, tr. dor. jansén. (*Hardy.*)

92. RÉFLEXIONS sur la cruelle persécution que souffre l'Eglise réformée de France. *S. l.*, 1686, 1 vol. in-12, mar. rouge, tr. dor. jansén. (*Hardy.*)

Rare et curieux.

93. LES PLAINTES des protestans, cruellement opprimez dans le royaume de France, par Claude, ministre. *A Cologne, chez Pierre Marteau*, 1686, in-12, mar. bl. fil. tr. dor.

Sur la demande de Louis XIV, ce livre fut brûlé à Londres, sur la place de la Bourse. On a ajouté au volume : *Lettre d'un protestant de France, ou l'on voit les actes d'une cruauté inouïe que l'on a exercés dans la province de Poitou.*

94. DRUEYS. Réponse aux plaintes des protestants contre les moyens que l'on emploie pour les réunir à l'Eglise. *Paris, Cramoisy*, 1686, 1 vol. in-12, mar. rouge, tr. dor. jans. (*Hardy.*)

95. DUBOSC (Pierre). La Vie de P. Dubosc, ministre du saint Evangile. *Rotterdam, Tinier Leers*, 1694, 1 vol. in-8, mar brun, tr. dor. (*Hardy.*)

La vie de ce célèbre ministre de Caen, le contemporain de Bochart et de Huet, est très-rare.

96. VALLONE. Profession de foi de M. de Vallone, ci-devant chanoine de l'abbaye royale de Sainte-Geneviève de Paris, et à présent ministre du saint Evangile, précédée de l'histoire de sa conversion. *La Haye*, 1701, 1 vol. in-12, mar. rouge, tr. dor. jansén. (*Hardy.*)

97. GALENUS ABRAHAM, ministre de l'église d'Amsterdam. Apologie pour les protestants. *Amsterdam, Gérard Kuyper*, 1704, titre rouge et noir, 1 vol. in-12, mar. rouge, tr. dor. jansén. (*Hardy.*)

98. GAGNIES (Jean), ci-devant prestre chanoine régulier à l'abbaye royale de Sainte-Geneviève. L'Eglise romaine convaincue de dépravation et d'idolatrie et d'anti-christianisme. *La Haye, J. Kitto*, 1706, 1 vol. in-12, mar. rouge, tr. dor. jansén. (*Hardy.*)

Rare.

99. L'INFAILLIBILITÉ de l'Eglise représentative détruite, avec démonstration que les pontifes romains ne sont pas héritiers de la primauté prétendue de saint Pierre. *Cologne, Pierre Marteau*, 1720, titre rouge et noir, 1 vol. in-12, mar. rouge, tr. dor. jans. (*Hardy.*)

100. RECUEIL de diverses objections que font les protestants contre les catholiques, imprimé par ordre du roi. *Paris, Coigniard*, 1735, 1 vol. in-12, mar. rouge. (*Anc. rel.*)

101. Alcorani seu legis Mahometi et Evangelistarum concordiæ liber. Additus est libellus de universalis conversionis judiciive tempore...(authore G. Postello). *Parisiis, P. Gromorsus,* 1543, pet. in-8, mar. r. jans. tr. dor. (*Hardy.*)

102. Guy Lefevre de la Boderie. Confusion de la secte de Muhamed ; livre composé en langue espagnole par Jean André, jadis More et alfaqui, natif de la cité de Sciativia, et depuis faict chrestien ; traduit d'italien en françois. *Paris, Martin Lejeune,* 1574, in-12, mar. rouge, dos orné, tr. dor. (*Hardy.*)

Rare.

JURISPRUDENCE.

103. Ascuns nouell cases de les ans et temps le Roy et la roygne Mary escrit en la graund abridgement, composé par sir Robert Brooke. *Anno Do.* 1578. (A la fin :) *Imprinted at London in Flectestreet ;* in-16, mar. r. anc. comp. dorés. (*Hardy.*)

Bel exemplaire d'un livre rare, en vieux français, sur les lois anglaises.

104. Guillaume Postel. La Loi salique, livret de la première humaine vérité. *Suivant la copie de* 1552. *Paris,* 1781, pet. in-12, mar. rouge, tr. dor. (*Anc. rel.*)

SCIENCES ET ARTS.

105. POSTEL. Versio falsorum Aristotelis dogmatum. *Paris, Sébastien Nivelle,* 1552, pet. in-8, mar. rouge, tr. dor. (*Anc. rel. à compartiments.*)

106. TRÉSOR DE VERTU, où sont contenues toutes les plus nobles et excellentes sentences et enseignements de tous premiers auteurs hébreux, grecs et latins, pour induire un chascun à bien et honnestement vivre. (En italien et en français.) *Lyon, Benoist Rigaud,* 1582, in-16, mar. r. jans. tr. dor. (*Hardy.*)

107. INSTITUTION d'un prince chrestien, par M. Claude d'Espence. *Lyon, Jean de Tournes,* 1548, in-8, mar. r. jans. tr. dor. (*Hardy.*)

108. ÉDUCATION DES FILLES, par l'abbé de Fénelon. *Paris,* 1687, in-12, mar. r. tr. dor. (*Capé.*)

Bel exemplaire de l'édition originale.

109. ATHANASII KIRCHERI Musurgia universalis, sive ars magna consoni et dissoni, in X libros digesta. *Romæ,* 1650, 2 tom. en 1 vol. in-fol. fig. mar. r. fil. tr. dor.

Bel exemplaire, aux armes de Colbert.

110. Sapientiss. Michaelis Pselli, poetæ et philosophi græci, dialogus de energia seu operatione dæmonum e græco translatus. Petro Morello Turonensi interprete. *Parisiis, apud Guil. Chaudière,* 1577. — TRAICTÉ par dialogue de l'énergie ou opération des diables, traduit en françoys du grec de Michel Psellus, par P. Moreau Tourangeau. *Paris, Guil. Chaudière, s. d.* (1573), pet. in-8, mar. r. jans. tr. dor. (*Hardy.*)

111. L'Elixir des philosophes, autrement l'Art trans-
mutatoire, moult utile, attribué au pape Jean XXII
de ce nom, non encore veu ny imprimé par cy
devant. *Lyon, Macé Bonhomme,* 1557, pet. in-12,
fig. mar. r. jans. tr. dor. (*Hardy.*)

112. De la Transformation métallique, trois anciens traités en rithme françoise, à sçavoir : La
Fontaine des amoureux de science, autheur J. de
la Fontaine. — Les Remonstrances de Nature à
l'alchimiste... par J. de Meung. — Le Sommaire
philosophique de Nic. Flamel. *Lyon, Benoist Rigaud,* 1590, in-16, mar. ol. tr. dor. (*Trautz-Bauzonnet.*)

113. Guillaume Postel. Liber de causis seu de prin-
cipiis et originibus naturæ. *Paris., apud Sebast.
Nivell.,* 1542, in-3. demi-rel. dos et coins de mar.
viol. (*Hardy.*)

Un des livres les plus rares du célèbre orientaliste.

114. Guy Lefevre de la Boderie. Traité du nouveau
comete et du lieu où ils se font et comme ils sont
loin de la terre; composé premierement en espagnol par M' Hieronyme Mugnos, traduict en françoys par G. de la Boderie; plus un cantique sur
la dicte etoile ou apparence lumineuse. 1 vol.
in-12, mar. viol. tr. dor. (*Trautz-Bauzonnet.*)

Très-rare.

115. Problèmes d'Aristote et autres philosophes et
médecins, selon la composition du corps humain,
avec ceux de Marc-Antoine Zimara. Item les solu-
tions d'Alexandre Aphrodisius sur plusieurs ques-
tions physicales (traduction attribuée à G. de la
Boutière). *Lyon, Jean de Tournes,* 1587, in-16,
mar. br. la Vall. fil. tr. dor. (*Belz-Niedrée.*)

116. La Chirurgie de Pavlvs Ægineta, nouvellement traduicte de grec en françoys. *Lyon, chés Estienne Dolet,* 1543, in-12, mar. rouge. dos orné.
(*Hardy.*)

117. TRAICTÉ POLITIQUE, composé par William Allen, Anglois, et trad. nouvellement en françois, où il est prouvé par l'exemple de Moyse, et par d'autres, tirés hors de l'Escriture, que tuer un tyran, titulo vel exercitio, n'est pas un meurtre. *Lugduni*, 1658, in-16, mar. r. jans. tr. dor. (*Hardy.*)

118. MONTCHRESTIEN, sieur de Vateville. Traité de l'œconomie politique, dédié au roy et à la reyne mère. *Rouen, J. Osmont*, 1614, in-4, mar. rouge, tr. dor. dos orné. (*Hardy.*)

Ce livre est le premier où l'on se soit servi du mot *économie politique*. C'est le plus rare de tous les ouvrages du poëte Montchrétien, tué en 1621.

119. DE LA FERRIÈRE. Les Chasses de François Ier, racontées par Louis de Brézé. — La Chasse sous les Valois. *Paris, Aubry,* 1869, demi-rel. dos et coins de mar. rouge, tr. dor. (*Hardy.*)

Un des douze exemplaires sur papier de couleur.

120. VENATIONIS cervinæ, capreolinæ et lupinæ leges, autore Jac. Savary. *Cadomi, apud Joannem Cavelier,* 1659, in-4, mar. rouge, jans. tr. dor. (*Hardy.*)

121. LATHAM'S FAULCONRY, or the Faulcons lure and cure in two books... by Simon Latham. *London, S. Griffin,* 1662, 2 tom. en 1 vol. in-12, fig. mar. r. fil. tr. dor. (*Hardy.*)

122. LA PRATIQUE DE L'AIGUILLE industrieuse du tres excellent milour Matthias Mignerak, Anglois, où sont tracez divers compartimens de carrez, tous différans en grandeur et inuention, avec les plus exquises bordures, dessins d'ordōnances qui se soient deuz (*sic*) jusques a ce iourdhui, tant poëtiques, historiques, qu'autres ouvrages de poinct et rebord. Ensemble les nouvelles inuentions françoises pour ce qui est de deuotion et contemplation. *Paris, Jean Leclerc,* 1605, in-4, cart.

Volume très-rare. Il est incomplet des ff. B, IIII et D, II.

123. LE CUISINIÈR FRANÇOIS, enseignant la manière de bien apprester et assaisonner toutes sortes de

viandes grasses et maigres, légumes, pastisse-
ries, etc., par le sieur de la Varenne. *Paris,
Pierre David,* 1652, pet. in-8, vél.

---

124. TRAITÉ de la peinture, par Léonard de Vinci,
nouv. édition. *Paris,* 1716, in-12, mar. rouge, tr.
dor. (*Anc. rel.*)

Exemplaire de M. Brunet.

125. MUNDI LAPIS LYDIUS, sive vanitas per vanitatem
falsi accusata et convicta, opera D. Antonii Bur-
gund. *Antuerpiæ, typis J. Cnobarii,* 1639, in-4, fig.
mar. r. jans. tr. dor. (*Hardy.*)

126. PETRI COSTALII Pegma, cum narrationibus phi-
losophicis. *Lugduni, apud Matthiam Bonhomme,*
1555, in-8, fig. mar. tr. dor.

127. LES SIMULACHRES ET HISTORIÉES FACES DE LA MORT,
autant elegammèt pourtraictes que artificiellement
imaginées. *A Lyon, Melchior et Gaspard Trech-
sel,* 1538, pet. in-4, fig. d'Holbein, mar. r. jans.
tr. dor. (*Thibaron.*)

Édition originale. Superbe exemplaire, très-grand de marges et réglé.

128. SPIEGEL OM WEL... Manière de se bien préparer
à la mort. *Amst,* 1694, in-4, mar. n. fers à fr. tr.
do.. (*Capé.*)

Frontispice gravé et 39 planches. Très-belles épreuves.

129. DIVERSARUM NATIONUM HABITUS centum et quatuor iconibus in ære incisis diligenter expressi :
item ordines duo processionum, unus summi pon-
tificis, alter ser. principis Venetiarum, opera Petri
Bertellii. *Apud Alciatum .... et P. Bertellium,
Patavii,* 1594 (1592), 3 part. en 1 vol. in-8, fig.
vélin.

Très-rare.

130. ICONES, sive imagines virorum literis illustrium,
additis elogiis, curante Reumero. *Argentorati,*

1587, pet. in-8, texte encadré, portraits, mar. rouge, tr. dor. (*Trautz-Bauzonnet.*)

Très-bel exemplaire d'un livre curieux et rare.

131. ICONES sive imagines virorum literis illustrium qui seculo XV, præsertim doctrina religionis aliarumque bonorum scientiarum... in Germania claruere, à Tobia Stimmero pictore suæ ætatis perfectissimo. *Francofurti ad Mænum,* 1719, pet. in-8, fig. sur bois, mar. r. jans. tr. dor. (*Hardy.*)

Très-bel exemplaire.

132. BULLART. Académie des sciences et des arts. *Brusselle,* 1695, 2 vol. in-fol. mar. r, fil. dos orné. (*David.*)

Superbe exemplaire. Très belles épreuves des portraits.

133. LES HOMMES ILLUSTRES qui ont paru en France pen ant ce siècle, avec leurs portraits au naturel, par Ch. Perrault. *Paris, Ant. Dezallier,* 1696, 2 tomes en 1 vol. in-fol. mar. r. fil. tr. dor. large dent. intérieure. (*Trautz-Bauzonnet.*)

Superbe exemplaire en grand papier. Magnifiques épreuves des portraits d'Edelinck.

BELLES-LETTRES.

134. Postel (Guillaume). Linguarum duodecim characteribus differentium, etc. (On lit à la fin du volume :) *Excudebat Petrus Vidovæus Vernolien-
sis typis de characteribus suis vigesima septima
martii anno a partu virgineo* 1538. Paris, *Denis
Lecuyer*, 1538, in-4, mar. olive, tr. dor. (*Rare.*)

135. Postel (Guillaume). De Fœnicum litteris, seu de
prisco latinæ et græcæ linguæ charactere. *Parisiis, apud Martinum Juvenem*, 1552, in-12, mar.
rouge, tr. dor. (*Hardy*.)
Nombreuses planches de caractères. Très-rare.

136. CHAMPFLEURY, auquel est contenu l'art et
science de la deue et vraye proportion des lettres
attiques..... Ce livre est à vendre à Paris, sus Petit pont, à l'enseigne du Pot-Cassé, par maistre
Geoffroy Tory de Bourges... *Cy finist ce présent
livre, qui fust achevé d'imprimer l'an mil cinq cens
XXIX.* In-fol., titre encadré, marque de Geoffroy
Tory sur le dernier f. mar. la Vall. riches compartiments en or, tr. dor. (*Hardy*.)

137. Le Grand et vray Art de plaine Rethoricque;
utile et proffittable et nécessaire à toutes gens
qui désirent à bien élégantement parler et es-
cripre. Composé par maistre Pierre Fabri, en son
vivant curé de Meray. *Imprimé à Paris pour Ou-
din Petit*, 1544, 2 part. en 1 vol. pet. in-8, goth.
veau fauve.
Rare et curieux volume. La seconde partie traite de la poésie, chants
royaux, ballades, rondeaux, etc.

138. Dialogues sur l'éloquence en général et sur
celle de la chaire en particulier, par Fénelon. *Paris, J. Estienne*, 1718, in-12, mar. bl. fil. tr. dor.
Édition originale.

139. Discours qui a remporté le prix d'éloquence par le jugement de l'Académie françoise en l'année 1748. Le sujet proposé est : Les hommes ne sentent point assez combien il leur seroit avantageux de concourir au bonheur les uns des autres. (1749), in-12, mar. r. large dentelle, tr. dorée.

Aux armes du grand Dauphin, fils de Louis XV.

---

140. L'Iliade et l'Odyssée d'Homère, trad. (par de la Valteric). *Suivant la copie imprimée à Paris, chez Cl. Barbin (Holl., à la Sphère)*, 1682, 4 t. en 2 vol. in-12, mar. orange, fil. tr. dor. (*David.*)

Joli exemplaire de cette édition, ornée des figures de Schoonebeck.

141. Quinti Horatii Flacci Opera. *Paris, Didot*, 1865, pet. in-12, cartonné.

Exemplaire à filets rouges, avec gravures et photographies.

142. Les Quinze Livres de la Métamorphose d'Ovide interprétez en rime françoise selon la phrase latine, par François Habert, d'Yssouldun en Berry, et par lui présentez au roy Henry II. *Paris, J. de Marnef et G. Cavellat*, 1574, pet. in-12, mar. rouge, dos orné. (*Hardy.*)

143. La Vita e Metamorphoseo d'Ovidio, figurato ed abbreviato in forma d'epigrammi da Gabr. Symeoni, con altre stanze sopra gl' effetti della luna, il ritratto d'una fontana d'Overnia et un' apologia generale nella fine del libro. *Lione, Giov. de Tornes*, 1584, pet. in-8, avec bordures et figures gr. sur bois, mar. r. fil. tr. dor. (*Hardy.*)

Volume rare.

144. Francisci Philelfi Satyrarum (libri)..... *Impressum Venetiis*, 1502, in-4, mar. citr. tr. dor.

Exemplaire de Girardot de Préfond.

145. Nicolai Borbonii Vandoperani Nugæ. *Parisiis, Mich. Vascosanus*, 1533, pet. in-8, mar. r. jans. tr. dor. (*Hardy.*)

146. STEPHANI DOLETI Galli Aurelii Carminum libri quatuor. *Lugduni,* 1538, in-4, mar. r. fil. tr. dor. (*Hardy.*)

147. PANDORA JANI OLIVERII *Parisiis, apud Carol. Langelier,* 1542, pet. in-8, mar. r. fil. tr. dor. (*Hardy.*)

148. THEODORI BEZÆ Vezelii poemata varia… ab ipso auctore in unum nunc corpus collecta et recognita. *Excudebat Jac. Stoer,* 1599, in-16, fig. sur bois, mar. r. jans. tr. dor. (*Hardy.*)

149. JANI DOVSÆ Nordovicis Echo, sive lusus imaginis iocosæ quibus titulus Halcedonia, alia quædam, quorum indicem sequens pagina repræsentabit. *Hagæ Comitis, ex officina Bucoldi Nieulandii,* 1603, in-4, mar. v.

Aux armes de J.-A. de Thou.

150. FABLIAUX OU CONTES des XII° et XIII° siècles, trad. ou extraits par Legrand d'Aussy. *Paris, Renouard,* 1829, 5 vol. in-8, demi-rel. dos et c. mar. la Vall. tr. sup. dor. n. rog. (*David.*)

Exemplaire en grand papier vélin, avec les figures avant la lettre et les eaux-fortes.

151. LE ROMAN DE DOLOPATHOS, publié pour la première fois en entier d'après les deux manuscrits de la Bibliothèque impériale, par MM. Charles Brunet et Anatole de Montaiglon. *Paris, P. Jannet,* 1856, in-18, mar. citr. jans. tête dor. n. rog. (*Chambolle-Duru.*)

Exemplaire sur papier de Chine.

152. CHANSONS NORMANDES du XV° siècle, publiées pour la première fois sur les mss. de Bayeux et de Vire, avec notes et introduction par A. Gasté. *Caen, E. Legost-Clérisse,* 1866, pet. in-8, mar. v. fil. tr. dor. (*Trautz-Bauzonnet.*)

Un des douze exemplaires sur papier de Chine.

153. Vaux-de-vire d'Olivier Basselin, poëte normand de la fin du XIV° siècle, publiés avec des dissertations, des notes et des variantes, par M. Louis Dubois. *Caen, F. Poisson*, 1821, in-8, mar. orange, fil. tr. dor.

Avec envoi autographe de l'auteur à M. A.-A. Renouard.

154. OEUVRES POÉTIQUES DE MELLIN DE SAINT-GELAIS. *Lyon, Ant. de Harsy*, 1574, in-8, mar. r. fleuron tr. dor. (*Trautz-Bauzonnet.*)

Exemplaire très-grand de marges.

155. LES OEUVRES DE CLÉMENT MAROT. *La Haye, Adrian Moetjens*, 1700, 2 vol. pet. in-12, mar. r. fil. tr. dor. (*Hardy.*)

Bel exemplaire.

156. MAROT (OEuvres de Clément). *Rouen, Thomas Mallard*, 1696, 1 vol. in-12, mar. rouge tr. dor. dos orné. (*Hardy.*)

157. LES OEUVRES FRANÇOISES de Joachim du Bellay, gentilhomme angevin. *Rouen, Raphael du Petit-Val*, 1597, in-12, mar. r. dos orné, fil. tr. dor. (*Hardy.*)

158. LES OEUVRES de Pierre de Ronsard. *Paris, Nicolas Buon*, 1623, 2 vol. in-fol. mar. rouge, dos orné à la Duseuil. (*Hardy.*)

Très-bel exemplaire.

159. DESPORTES (Philippes). Cent Psaumes de David mis en vers francois, poésies chrestiennes. *Paris, Mamert Patisson*, 1598, 1 vol. pet. in-8, réglé, mar. olive, reliure dite à la reine Margot, avec semis de marguerites et de glands de Chine, etc.

Belle reliure de l'époque, bien conservée.

160. LES CL PSAUMES de David, mis en vers francois par Ph. Desportes. *Paris, Abel Langelier*, 1603, in-8, titre gr. v. br. dent. tr. dor.

Bel exemplaire, aux armes de Marie de Médicis ; reliure restaurée.

161. RACAN. Dernières OEuvres et poésies chétiennes. *Paris, P. Lamy*, 1660, 1 vol. in-12, mar. rouge, tr. dor. dos orné. (*Hardy.*)

162. ESTIENNE PASQUIER. La Jeunesse, les Jeux, la
Puce, la Main et autres œuvres. *Paris*, 1610,
1 tome en 3 vol. pet. in-8, v.

Jolie reliure de Boyet. Portrait de Thomas de Leu au troisième volume.

163. LES OEUVRES (POÉTIQUES) DE JACQUES POILLE,
sieur de S. Gratien, divisées en onze livres. Rome,
la Grèce, la Barbarie, les Grands Seigneurs, etc.
Paris, Thomas Blaise, 1623, in-8, mar. v. fil. tr.
dor. (*Capé.*)

L'*Icare françois,* qui termine le volume, est un poëme sur la catastrophe
du maréchal de Biron.

164. LE BANCQUET des Muses en vers satiriques, par
le S. Auvray. *Rouen, David Ferrand*, 1626, 1 vol.
in-12, mar. rouge, tr. dor. dos orné. (*Hardy.*)

165. NOUVEAU RECUEIL de rondeaux. *Paris, Augustin
Courbé*, 1650, 1 vol. in-12, mar. bleu, tr. dor.
(*Hardy.*)

166. L'INTRODUCTION A LA VIE DÉVOTE, mise en vers
françois, par le sieur N. H. E. S. D. M. *Paris,
Charles de Sercy*, 1652, pet. in-12, fig. mar. r. fil.
tr. dor. (*Hardy.*)

167. Les Restes de la guerre d'Estampes, par le sieur
Hemard. *Paris, Louis Chamhoudry*, 1653, pet.
in-12, mar. r. jans. tr. dor.

168. OUVRAGES POÉTIQUES de M. Levasseur, secré-
taire du mareschal de Grammont. *Paris, Charles
de Sercy*, 1655, pet. in-12, mar. r. fil. tr. dor.
(*Rel. anc.*)

169. LES IV LIVRES de l'Imitation de J.-Christ, traduits en vers françois, par P. Corneille. *Paris,
R. Ballard*, 1656, 1 vol. in-12, mar. rouge tr.
dor. (*Hardy.*)

170. PERRIN (les OEuvres de), contenant les jeux de
poésies, airs de cour, airs à boire, chanson, noëls.
Paris, Etienne Loyson, 1661, 1 vol. in-12, mar.
rouge, tr. dor. dos orné. (*Hardy.*)

171. Brébeuf, Poésies diverses. *Paris, Antoine de Sommaville,* 1662, 1 vol. in-12, mar. rouge, dos orné. (*Hardy.*)

172. Les OEuvres de M. de Benserade, *suivant la copie à Paris, Charles de Sercy,* 1698, 2 vol. in-12, mar. rouge, dos orné. (*Hardy.*)

173. Me Adam (les Chevilles de). *Rouen, Cailloué,* 1 vol. in-12, mar. bleu, dos orné. (*Thibaron.*)

174. Me Adam. Le Vilbrequin. *Paris, Guillaume de Luyne,* 1663, 1 vol. in-12, mar. bleu, dos orné. (*Thibaron.*)

175. Poésies de Furetière. *Paris, Guillaume de Luyne,* 1664, 1 vol. in-12, mar. rouge, tr. dor. dos orné. (*Hardy.*)

176. Jacques Jacques. Le Faut mourir et les Excuses inutiles qu'on apporte à cette nécessité. *Lyon, Michel Goy,* 1669, 1 vol. in-12, mar. rouge, tr. dor. dos orné. (*Hardy.*)

177. Recueil de poésies de divers auteurs contenant la Métamorphose des yeux de Philis en astres, la Belle aveugle, la Belle sourde et autres. *Paris, Desoigne,* 1670, 1 vol. in-12, mar. bleu, dos orné. (*Thibaron.*)

178. Poème du Quinquina et autres ouvrages en vers, par M. de la Fontaine. *Paris, Denis Thierry,* 1682, in-12, mar. r. fil. tr. dor. (*Rel. anc.*)
Édition originale.

179. Recueil des meilleurs Contes en vers de la Fontaine, Voltaire, Vergier, Moncrif, etc. *Londres,* 1778, 4 vol. in-18, mar. rouge, dos orné. (*Hardy.*)
Grav. de Duplessis-Bertaut. Bel exemplaire.

181. Suite des figures de Fragonard pour les Contes de la Fontaine, in-4, demi-rel. mar.
25 planches. Épreuves avant la lettre.

182. Vaudevilles de cour dédiés à Madame. *Paris,*

Ch. de Sercy, 1666, 2 tom. en 1 vol. in-12, mar. r. fil. coins fleurdelisés, tr. dor.

Exemplaire aux armes de MADEMOISELLE DE MONTPENSIER. En tête du tome Ier se trouve un frontispice gravé. Le titre imprimé portant *tome Ier*, qui devrait suivre, manque, et on a gratté la tomaison du titre du second volume.

183. POÉSIES diverses de Madame de Sainctonge. *Dijon, Ant. de Fay*, 1714, 2 tom. en 1 vol. in-12, v. f.

184. La Pléiade, ballades, fabliaux, nouvelles et lé-gendes. *Paris, Curmer*, 1842, pet. in-8, demi-rel. mar. tr. sup. dor. n. rog. (*David.*)

Ouvrage d'une très-belle exécution.

185. ANTHOLOGIE FRANÇAISE ou Chansons choisies, depuis le XIIIe siècle jusqu'à présent (par Monnet). 1765, 4 vol. pet. in-8, portr. musique notée, maroq. r. fil. tr. dor. (*Anc. rel.*)

Bel exemplaire.

186. CHANTS ET CHANSONS POPULAIRES DE FRANCE. *Paris, Delloye*, 1843, 3 vol. gr. in-8, gravures sur acier, demi-rel. d. et c. mar. v. tr. sup. dor. (*David.*)

Très-bel exemplaire.

187. LA JÉRUSALEM de Torquato Tasso, seconde édi-tion, corrigée en divers endroits sur l'original italien, et augmentée du recueil d'observations nécessaires; avec l'Allégorie du poëme, de la ver-sion de J. Baudouin. *Paris, Matthieu Guillemot.* 1632, in-8, front. gravé, fig. de M. Lasne, mar. r. fil. tr. dor. (*Hardy.*)

---

188. TRAGÉDIES FRANÇOISES de Claude Billard, seigneur de Courgenay, Bourbonnois. *Paris, Denys Lan-glois*, 1610, pet. in-8, vél.

189. La Nopce de village (par Brécourt). *Paris, Jean Ribou*, 1681. — Le Bal d'Auteuil, comédie (par Boindin). *Paris, Pierre Ribou*, 1702. — Les Trois Gascons, comédie (par Boindin). *Paris, Pierre Ri-*

bou, 1702. — Le Port de mer, comédie. *Paris,
P. Ribou*, 1704; 4 p. en 1 vol. in-12, maroq. citr.
tr. dor.

Bel exemplaire, aux armes de la comtesse de Verrue.

190. La Zayre, de M. de Voltaire. *Rouen et Paris,*
1733, pet. in-8, v. marbr.

Édition originale.

191. La Mérope françoise avec quelques petites
pièces de littérature (par Voltaire). *Paris, Prault
fils*, 1744, in-8, portr. par Delatour et fig. de
Duylos et Fessard, mar. r. jans. tr. dor.

Édition originale.

192. Beaumarchais. Eugénie, drame en cinq actes,
en prose, avec un essai sur le drame sérieux.
Paris, Merlin, 1767, in-8, pap. f. réglé, maroq.
r. fil. tr. dor.

Aux armes du duc de la Vallière.

193. Théâtre complet de Beaumarchais, publ. par
G. d'Heylli et F. de Marescot. *Paris*, 1869, 4 vol.
pet. in-8, br.

Exemplaire sur papier de Chine.

194. La Célestine, tragi-comédie traduite d'espagnol
en français. *Rouen, Théod. Reinsart*, 1598, in-12,
maroq. vert, fil. tr. dor. (*Derome.*)

Très-bel exemplaire.

---

195. Longus. Daphnis et Chloé (en grec); recensuit
Ludovicus Dutens. *Parisiis, Fr. Amb. Didot*, 1776,
in-12, mar. v. fil. tr. dor. (*Inc. rel.*)

196. Les Amours de Théagène et Chariclée, traduction nouvelle (par de Montlyard), seconde édition. *Paris, Samuel Thiboust*, 1626, in-8, front.
et fig. de Mich. Lasne, etc., mar. r. dos orné, fil.
tr. dor. (*Hardy.*)

Le dernier chiffre de la date est effacé. Comme cette édition porte sur le
titre : *seconde édition*, on peut supposer que c'est 1626 qu'il faut lire. Ce-
pendant cette édition diffère tout à fait de la précédente, qui est aussi intitu-
lée : *seconde édition*.

197. HYPNEROTOMACHIA POLIPHILI, ubi humana omnia non nisi somnium esse docet. *Venetiis, MID, in ædibus Aldi,* in-fol. titre gravé, fig. maroq. r. anc. fers à froid, comp. dorés, doublé de mar. r. large dentelle. (*Hardy-Mennil.*)

Exemplaire très-grand de marges et très-bien conservé.

198. HYPNEROTOMACHIE, ou Discours du songe de Polyphile, nouvellement traduict de langage italien en françois. *A Paris, pour Jacques Kerver,* 1561, grand in-fol. titre gravé, fig. maroq. la Vall. riches compartiments dorés. (*Hardy-Mennil.*)

Très-bel exemplaire de la première édition de ce livre célèbre pour ses nombreuses planches gravées sur bois.

199. OEUVRES DE M. FRANÇOIS RABELAIS. *S. l.* (*Amst., D. Elzevier*), 1666, 2 vol. pet. in-12, mar. r. jans. tr. dor. (*Hardy.*)

200. LES QUATRE LIVRES DE M. FRANÇOIS RABELAIS, suivis du ms. du Ve Livre, publiés par An. de Montaiglon et Louis Lacour. *Paris,* 1868-72, 3 vol. pet. in-8. br.

Exemplaire sur papier de Chine.

201. L'HEPTAMERON, ou Histoires des amans fortunez, des nouvelles de très-illustre princesse Marguerite de Valois, reine de Navarre. *Lyon, Loys Cloquemin,* 1581, in-16, mar. rouge, dos orné, fil. tr. dor. (*Hardy.*)

202. CONTES ET NOUVELLES de Marguerite de Valois, reine de Navarre. *Amst., Gallet,* 1708, 2 vol. pet. in-8, fig. à mi-pages, mar. vert, fil. tr. sup. dor. (*Capé.*)

Très-bel exemplaire, NON ROGNÉ.

203. LES AMOURS de Climandre et d'Aristée, où souz noms empruntez sont contenus les amours de quelques seigneurs et dames de la cour, par le sieur de Saincte-Suzanne. *Paris, Nicolas Bourdin,* 1636, pet. in-8, mar. rouge, fil. tr. dor. (*Hardy.*)

204. La Prazimene (par le Maire). *Paris, Ant. de Sommaville,* 1643, 2 vol. pet. in-8, mar. v. fil. tr. dorée.

Aux armes de la duchesse de Choiseul.

205. Alcidamie, par Mlle Desjardins. *Paris, Charles de Sercy,* 1661, 2 vol. pet. in-8, mar. v. fil. tr. dorée.

Aux armes de la duchesse de Choiseul.

206. Célie, nouvelle (par J. Bridou). *Paris, Cl. Barbin,* 1663, pet. in-8, mar. v. fil. tr. dor.

Aux armes de la duchesse de Choiseul.

207. LES AMOURS DE PSYCHÉ ET DE CUPIDON, par de la Fontaine. *Paris, Denys Thierry,* 1669, in-8, mar. citron, fil tr. dor. (*Trautz-Bauzonnet.*)

Édition originale.

208. Les Nouveaux Contes des fées, par Mme de M^{***} (Mortemart). *Paris, Claude Barbin,* 1698, in-12, mar. rouge, dos orné. (*Hardy.*)

Rare avec les gravures.

209. Nouveaux Contes a rire et aventures plaisantes de ce temps, ou récréations françoises, troisième édition. *Cologne,* 1702, pet. in-8, fig. mar. rouge, fil. dos orné, tr. dor. (*David.*)

Bel exemplaire.

210. Nouveaux Contes à rire et aventures plaisantes, ou récréations françoises. *Cologne, chez Roger Bontemps,* 1722, 2 vol. pet. in-8, fig. mar. rouge, dent. tr. dor.

Bel exemplaire en reliure ancienne.

211. Nouvelles historiques. Le Prince de Bretagne, par M. d'Arnaud. *S. l. n. d.,* in-8, fig. de Marillier, mar. rouge, fil. tr. dor.

Aux armes de Marie-Antoinette.

212. PAUL ET VIRGINIE, par Bernardin de Saint-Pierre. *Paris, Curmer,* 1838, gr. in-8, fig. et portr. mar. rouge, fil. tr. dor. (*Hardy-Mennil.*)

Exemplaire sur papier de Chine, deux portraits doubles ajoutés.

214. Epulum Parasiticum, quod eruditi conditores instructoresque... hilarem epulantibus in modum... jucundi appararunt et comiter. *Norimbergæ*, 1665. — Le Barbon du sieur de Balzac. *S. l. n. d.*, pet. in-12, fig. mar. rouge, jans. tr. dor. (*Hardy.*)

215. Bouchet (Guillaume), juge et consul des marchands de Poictiers. Serées, livre premier. *Imprimé sur la copie faicte à Poictiers en* 1585, 1 vol. pet. in-8, mar. rouge, tr. dor. dos orné.

Édition rare, le premier volume seul a paru.

216. BOUCHET (G.). Serées. *Paris, Jérémie Périer*, 1608, 3 vol. in-12, mar. rouge, dos orné. (*Thibaron.*)

Très-bel exemplaire.

217. Les Après-dinées du seigneur de Cholières. *Paris, Jean Richer*, 1587, in-12, v. marb.

Bel exemplaire, grand de marges.

218. Les Œuvres de Bruscambille, divisées en quatre livres contenant plusieurs discours, paradoxes, harangues et prologues facétieux. *Paris, P. Billaine*, 1619. pet. in-12, mar. rouge, fil. tr. dor. (*Bradel-Derome.*)

219. Amusements sérieux et comiques. *Paris, Jean Jombert*, 1723, in-12, v. f. fil. tr. dor.

220. Le Chef-d'Œuvre d'un inconnu (par Themiseul de Sainte-Hyacinthe). *Lausanne*, 1758, 2 vol. pet. in-8, mar. rouge, fil. tr. dor. (*Rel. anc.*)

221. Le Passe-Temps agréable, ou Nouveau Choix de bons mots, gasconnades, et de quelques histoires galantes. *Rotterdam*, 1707, 1 vol. in-18, mar. bleu, dos orné. (*Hardy.*)

222. Le Livre de la femme forte, déclaratif du cantique de Salomon et proverbe au chapitre final : « Mulierem fortem quis inveniet? » fait et composé par un religieux de Fontevrault (François le Roy). *Paris, Jehan Petit, s. d.*, pet. in-8, goth. v. ant.

223. PHILOSOPHIE D'AMOUR de M. Léon Hébreu, traduicte d'italien en françois par le seigneur du Parc,
Champenois. *Lyon, Guil. Rouille*, 1551, in-8, mar.
rouge, fil. tr. dor. (*Hardy.*)

224. SILVÆ NUPTIALIS libri sex. In quibus ex dictis
modernis, materia matrimonii, dotium, filiationis.
adulterii… discutitur… Joanne Nevizano Astensi
authore. *Lugduni, Antonius Vincentius*, 1556. —
Adriani Pulvæi…, de nuptiis sine parentum con-
sensu contrahendis, liber singularis. *Parisiis,
C. l'Angelier*, 1557, in-8, mar. citr. fil. tr. dor.
(*Padeloup.*)

Bel exemplaire.

225. CAILLÈRES LE FILS. La Logique des amans, ou
Amour logicien. *Paris, T. Joly*, 1568, 1 vol. in-12,
mar. rouge, dos orné. (*Hardy.*)

226. DIALOGO dove si ragiona della creanza delle
donne (di Aless. Piccolomini). *Venetia*, 1574, pet.
in-12, mar. rouge, fil. tr. dor. (*Anc. rel.*)

Exemplaire de Girardot de Préfond, Pixerécourt et la Bédoyère.

227. LE FOUET DES PAILLARDS, ou juste punition des
voluptueux et charnels, conforme aux arrests di-
vins et humains, par M. L. P. (Mathurin le Pi-
card), curé de Mesnil-Jourdain. *Rouen, Estienne
Vereul*, 1623, pet. in-12, mar. citr. fil. tr. dor.
(*Chambolle-Duru.*)

Ouvrage rare.

228. LA COUR D'AMOUR, ou les Bergers galans, par
M. du Perret. *Paris, Thomas Jolly*, 1667, 2 vol.
pet. in-8, fig. mar. v. fil. tr. dor.

Aux armes de la duchesse de Choiseul.

229. P. ARETINO. Capricciosi e piacevoli ragiona-
menti, la Putana errante. *Stampati in Cosmopoli*,
1660, 1 vol. in-12, mar. rouge, tr. dor. dos orné.
(*Hardy.*)

Édition elzevirienne, très-rare.

230. LE SUPPLÉMENT de Tasse Rouzé... aux femmes, ou aux maris pour donner à leurs femmes (par Bordelon). *Paris, P. Prault.* 1713, in-12, mar. rouge, fil. tr. dor. (*Derome.*)

231. Lettres choisies de Mme de Sévigné, publ. sous la direction de Ad. Regnier. *Paris, Hachette,* 1870, gr. in-8, br. fig. sur acier.

232. COLLECTION DES PETITS CLASSIQUES FRANÇAIS, publiée par Charles Nodier. *Paris, Delangle et Rapilly,* 1826, 10 vol. in-12, mar. r. fil. tr. dor. (*Hardy.*)

Très-bel exemplaire sur papier de Chine.

233. OEUVRES DE BALZAC (J.-Louis Guez). *Amsterdam et Leyde, les Elseviers,* 1656-1663, 8 vol. pet. in-12, mar. rouge, dos orné, fil. tr. dor. (*Hardy.*)

Contenant : Lettres choisies. *Amsterd.,* 1678. — Lettres à Chapelain. *Leyde,* 1656. — Lettres à Conrart. *Leyde,* 1659. — Aristippe. *Leyde,* 1658. — Les Entretiens. *Amsterdam,* 1663. — OEuvres diverses. *Leyde, J. Elsev.,* 1658. — Le Socrate chrestien. *Amsterd., J. Pluymer,* 1662.
Joli exemplaire. Les volumes ont 128 millim.
On a ajouté comme huitième volume : *Le Prince de Balzac. Paris,* 1660. — *L'Apologie de Balzac. Rouen et Paris,* 1663. Il n'existe pas d'édition du *Prince* imprimée par les Elsevier.

HISTOIRE.

234. BARTHOLOMÆUS A SALIGNACO. Itinerarium terræ sanctæ. *Lugduni, in ædibus Gilberti de Villiers,* 1525, pet. in-8, goth. fig. sur bois, mar. br. tr. dor. (*Capé.*)

Volume rare.

235. Jo. ZUALLARD. Voyage à Jérusalem (en italien). *Rome, Fr. Zanetti, MD.XXCVII,* in-4, mar. r. tr. dor. dos orné. (*Hardy.*)

236. BREF DISCOURS d'un voyage de quelques
François en la Floride, et du massacre autant in-
justement que barbarement exécuté sur eux par
les Hespagnols l'an mil cinq cens soixante cinq.
Ensemble une requeste au roy Charles IX par les
femmes vefves et orphelins qui furent tués audit
pays de la Floride. *S. l.*, 1569, 1 vol. in-12, mar.
rouge, jans. (*Thibaron.*)

Très-rare.

237. Relations véritables et curieuses de l'isle de
Madagascar et du Brésil, avec l'histoire de la dernière guerre faite au Brésil, entre les Portugais et
les Hollandois. Trois relations d'Egypte et une du
royaume de Perse (par Fr. Cauche et R. Baro,
trad. en françois par P. Moreau). *Paris, Auguste
Courbé,* 1651, in-4, v. f. fil.

238. Relation de Madrid, ou Remarques sur les
mœurs de ses habitants. *Cologne,* 1665 (*à la
Sphère*), 1 vol. in-16, mar. rouge, tr. dor. jans.
(*Hardy.*)

Rare.

239. HISTOIRE ANCIENNE des Égyptiens, des Cartha-
ginois, des Assyriens, des Babyloniens, des Mèdes
et des Perses, des Macédoniens, des Grecs, par
M. Rollin. *Paris, veuve Estienne,* 1740, 6 vol.
in-4, portr. et cartes, mar. rouge, fil. tr. dor.

Aux armes du chancelier d'Aguesseau. Exemplaire en grand papier.

240. CAII VELLEII PATERCULI Historia romana, libri
duo, accurante Steph. And. Philippe. *Lutetiæ Pa-
risiorum, J. Barbou,* 1754, in-12, réglé, mar. v.
larges dent. tr. dor.

241. MEZERAY. Abrégé chronologique de l'Histoire
de France. *Amsterdam, Abraham Wolfgang (au
Quærendo*), 1673, 7 vol. pet. in-8, portr. mar. r.
dent. int. (*Trautz-Bauzonnet.*)

Très-bel exemplaire.

242. LES RECHERCHES de la France, par Estienne Pasquier. *Paris, Laurens Sonnius*, 1621, in-fol. mar. rouge. (*Anc. rel.*)

Très-bel exemplaire en grand papier.

243. POSTEL (Guillaume). Les Raisons de la monarchie et quels moyens sont nécessaires pour y parvenir. *Paris*, 15 *mai* 1551, 1 vol. in-12, mar. vert.

C'est un des livres les plus rares du célèbre orientaliste Guillaume Postel. Très-bel exemplaire.

244. DU MOLIN (Charles). Origine, progrès et excellence du royaume et monarchie des François. *Paris*, 1561, 1 vol. in-12, mar. viol. tr. dorée. (*Hardy.*)

245. POSTEL (Guillaume). Histoire mémorable des expéditions depuis le déluge, faictes par les Gauloys et Françoys, depuis la France jusques en Asie ou en Thrace et en l'orientale partie de l'Europe. Apologie de la Gaule. *Paris, Sébast. Nivelle*, 1552, 1 vol. in-16, v. b.

Très-rare. Exemplaire de M. Yemeniz.

246. FROISSART. Histoire et chronique mémorable; reveu et corrigé par Denys Sauvage. *Paris, l'Huillier*, 1574, 4 tom. en 2 vol. mar. n. fil. tr dorée.

Très-bel exemplaire en grand papier et aux armes de Condé.

247. L'HISTOIRE et discours au vray du siége qui fut mis devant la ville d'Orléans par les Anglois, le 12e iour d'octobre 1428, régnant alors Charles VII... avec la venue de Jeanne la Pucelle, et comment par grâce divine, et force d'armes, elle feist lever le siége de devant aux Anglois; prise de mot à mot... d'un vieil exemplaire escript à la main en parchemin, et trouvé en la maison de la dicte ville d'Orléans. Plus un écho contenant les singularités de ladicte ville (par Léon Tripault).

Orléans, Robert Hotot, 1621, pet. in-12, mar. r. jans. tr. dor. (*Hardy.*)

248. LA MARCHE (Mémoires de messire Olivier de). *Louvain, de Witte,* 1645, titre rouge et noir, 1 vol. in-4, mar. rouge, dos orné. (*Hardy.*)

Très-bel exemplaire.

249. LA FERRIÈRE (de). Marguerite d'Angoulême, sœur de François I", son livre de dépenses, ses dernières années. *Paris, Aubry,* 1862, 1 vol. in-12, vél. tr. dor. armes et chiffres sur le plat, dos orné avec marguerites, lettres coloriées, fac-simile et signature. (*Epuisé.*)

250. HABERT. La Nouvelle Juno (Catherine de Médicis), ainsi l'estrenne au premier duc filz de monseigneur le Dauphin. *J. de Tournes,* 1545, 1 vol. in-12, mar. rouge, tr. dor. dos orné. (*Hardy.*)

Titre lavé et raccommodé, un peu court.

251. ORAISON FUNÈBRE sur le trespas de tres haulte et tres illustre dame et princesse Françoise d'Alençon, duchesse de Beaumont, douairière de Vendosmois et de Longueville, par Charles de Saincte-Marthe, docteur es droicts. *Paris, Regnaud Chaudière,* 1550, pet. in-8, mar. r. jans. tr. dor. (*Hardy.*)

252. LE JOURNAL de la comtesse de Sanzay, intérieur d'un château normand au xvi° siècle, par M. le comte H. de la Ferrière-Percy. *Paris, Aubry,* 1859, in-12, mar. r. fil. tr. dor. (*Hardy.*)

Un des six exemplaires sur papier de Chine.

253. PARADIN. Histoire de nostre tems. *Lyon, J. de Tournes,* 1558, in-12, v. b. (*Ancienne reliure du temps.*) (*Rare.*)

Rare.

254. La Popelinière. La Vraye et entière Histoire des troubles et choses mémorables advenues tant

en France qu'en Flandres et pays circonvoisins, depuis l'an 1562. *Basle, Barthélemy Germain,* 1579, 2 vol. in-12, v. f. (*Rel. anc.*)

255. La Popelinière. Histoire de France, enrichie des plus notables occurrences survenues es provinces de l'Europe depuis l'an 1558 jusques à ces temps. Dédié à la reine mère du roy. *S. l.,* 1582, 3 vol. in-12, mar. rouge, tr. dor. jans. (*Hardy.*)

256. Regnier de la Planche. Commentaires de l'estat de la religion et république sous les rois Henry et François seconds et Charles neufiesme. *S. l.,* 1565, in-12, v. f. (*Anc. rel.*)

257. Villegomblain. Mémoires des troubles advenus en France sous les règnes des rois Charles IX, Henri III et Henri IV. *Paris,* 1657, in-12, mar. r. jans. (*Hardy.*)

258. Pierre Habert. Traité des biens et utilité de la paix et des maux provenant de la guerre. Dédié au roi Charles IX. *Paris, Micard,* 1568, in-12, mar. r. jans. (*Thibaron.*)

Édition originale et très-rare.

259. Catharinæ Mediceæ reginæ matris vita, actorum et consiliorum quibus universum Regni gallici statum turbare conata est. *S. l.,* 1565, in-12, mar. rouge, tr. dor. (*Hardy.*)

Première édition de ce violent pamphlet contre Catherine de Médicis. Rare.

260. Capilupi (Camille). Le Stratagème, ou la Ruse de Charles IX, roy de France, contre les huguenots; traduit de la copie italienne. *S. l.,* 1574, in-12, v. f. fil. dos orné. (*Anc. rel.*)

Exemplaire de Gaignat, n° 3055, et de Méon, 3378. Très-bel exemplaire d'un livre rare.

261. Oraison du seigneur Jean de Zamoscie, l'un des ambassadeurs envoyés en France par les estats du royaume de Poloigne; traduite du latin par Louis Reynis (Louis Leroy, de Coutances). *Paris, Federic*

Morel, 1574, in-4, mar. rouge, tr. dor. dos orné. (*Hardy.*)

262. Le Vray Discours des derniers propos du feu roy Charles IX. *Paris, Liénard Lesueur,* 1574, in-12, mar. rouge, jans.

263. Le Siége de Domfront et la Captivité de tres vertueux et magnanime seigneur Gabriel de Montgomery. *Réimpression des bibliophiles normands,* 1 vol. in-4, mar. rouge.

264. Gasparis Colinii Castellonii, magni quondam Franciæ amiralii, Vita. *S. l.,* 1575, in-12, mar. rouge, rel. anc. trois filets, tr. dor.

Rare, belle condition.

265. La France Turquie, c'est-à-dire conseils et moyens pour réduire le royaume en tel estat que la tyrannie turquesque. *Orléans, Thibaut des Mars,* 1576, in-12, mar. rouge, tr. dor. (*Hardy.*)

266. Apologie catholique contre les libelles, déclarations, avis et consultations publiés par les ligués perturbateurs du royaume de France qui se sont élevés depuis le décès de monseigneur frère unique du roy. *S. l.,* 1585, in-12, mar. rouge, tr. dor. jans. (*Hardy.*)

267. Advertissement des catholiques anglois aux catholiques du danger où ils sont de perdre leur religion et d'expérimenter, comme en Angleterre, la cruauté des ministres, s'ils reçoivent à la couronne un roy qui soit hérétique. *S. l.,* 1587, in-12, mar. rouge, tr. dor. jans. (*Hardy.*)

268. Rolland. Remonstrances très-humbles au roy de France et de Pologne Henry III, par un sien fidèle officier et subject, sur les désordres et misères du royaume. *S. l.,* 1588, in-12, demi-rel. v. f. dos orné, portrait ajouté.

Critique contre le débordement des mœurs, l'immodestie des habillements d'hommes et de femmes.

269. L'Ordre des états généraux tenus à Bloys sous le très-chrestien roy de France Henry III. *Blois, Jamet Mettayer,* 1589. 34 ff. in-4. — La Harangue faicte par le roy H. III en sa ville de Blois. 1588. — Actes de la seconde séance des états-généraux tenus à Blois. 1588. — Première Remontrance faicte par Mgr l'archevesque de Bourges, 1588. — Harangue prononcée devant le Roy par de Cossé, comte de Brissac, 1589; etc. — 16 pièces en 1 vol. in-4, mar. tr. dor. (*Jans. Duru.*)

270. Histoire du Roy Henry le Grand, composée par M. Hardouin de Péréfixe. *Amsterdam, Anth. Michiels,* 1661, pet in-12, mar. r. dos orné, fil. tr. dor. (*Hardy.*)

Bel exemplaire.

271. Actes de la conférence tenue entre le S^r évesque d'Evreux et le sieur du Plessis, en présence du roy, à Fontainebleau, le 4 mai 1600. *Evreux,* 1601, in-12, mar. rouge, tr. dor. jans. (*Hardy.*)

272. Figure emblématique en trois langues, et seulement en une seule visible de soy, où se peut voir une fleur de louanges du Roy très-chrestien, de la Royne, de monseigneur le Dauphin et de monseigneur le duc d'Orléans… Plus un Panégyric et traicté de l'institution d'un jeune prince; par E. de Clavière. *Paris, Robert Fouet,* 1607, in-8, mar. r. fil. tr. dor. (*Hardy.*)

273 Le Dauphin de Jacques de la Fons, Angevin. *Paris, Claude Morel,* 1609, pet. in-8, réglé, titre gravé et portr. par Gaultier, vél. tr. dor.

Exemplaire de dédicace aux armes du Dauphin, portrait gravé par Léonard Gautier. Le volume est fortement taché.

274. Conquête amoureuse du grand Alcandre dans les Pays-Bas, avec les intrigues de sa cour. *Cologne, Pierre Bernard,* 1684, in-12, mar. bleu, tr. dor. dos orné. (*Hardy.*)

275. L'Avant-Victorieux. *Orthez, Rouyer, imprimeur du roy,* 1610, in-12, mar. rouge, tr. dor. dos orné. (*Hardy.*) Frontisp. grav. portrait.

276. Remonstrance à messieurs de la court de parlement sur le parricide commis en la personne du roy Henry le Grand. *S. l.,* 1610, in-12, mar. rouge, jans. tr. dor. (*Hardy.*)

277. Remonstrances à MM. de la cour de parlement sur le parricide commis en la personne du roy Henry le Grand. *S. l.,* 1610. — Anticoton, ou Réfutation de la lettre déclaratoire du Père Coton, livre où est prouvé que les jésuites sont coupables et autheurs du parricide exécrable commis en la personne du roy Henry IV. *S. l.,* 1610. — Le Fléau d'Aristogiton, ou Contre le calomniateur des PP. Jésuites soubs le titre d'Anticoton. *S. l. n. d.,* — Arrest de la cour de Parlement, ensemble la censure de la Sorbonne contre le livre de Jean Mariana intitulé : De Rege et regis institutione. *S. l.,* 1610. — Harangue faicte par la noblesse de Champagne et de Brie. *S. l.,* 1615. Pet. in-8, mar. jans. tr. dor. (*Hardy.*)

278. Deux Contracts de mariage : le premier de Henry IIII, roy de France et de Navarre, avec la princesse Marie de Médicis ; Florence, du 25 avril 1600 ; le dernier... de Louis XIIIe du nom, son filz, aussi roy de France et de Navarre, avec l'infante d'Espagne, du XXII aoust 1612. Pet. in-8, mar. r. (*Au chiffre de H. IV. Portraits de Montcornet ajoutés.*)

279. Le Surveillant de Charenton. Arrest de la court de parlement de 1611. — La Rencontre du duc de Bouillon avec Henry le Grand dans l'autre monde. — La France au désespoir. *S. d.,* 4 part. en 1 vol. in-12, mar. rouge, tr. dor. (*Hardy.*)

280. Mémoires du comte de Brienne, contenant les événements les plus remarquables du règne de

Louis XIII. *Amsterdam, Frédéric Bernard,* 1719,
3 vol. rel. en 1, mar. rouge, tr. dor. jans.

281. LE MÉRITE DES DAMES, avec l'entrée de la Reyne
et de cent autres dames du temps dans le ciel
des belles héroïnes; et ensuite est la nouvelle entrée de la Reyne infante, avec cent autres dames,
dans ledit ciel des belles héroïnes; par le sieur de
Saint-Gabriel. *Paris, Jacques le Gras,* 1660, pet.
in-8, mar. r. jans. tr. dor. (*Chambolle-Duru.*)

282. MÉMOIRES de M. D. L. R. (de la Rochefou-
cauld) sur les brigues à la mort de Louis XIII, les
guerres de Paris et de Guyenne, etc. *Cologne,
P. Van Dyck (Bruxelles, Fr. Foppens),* 1662, pet.
in-12, mar. r. jans. tr. dor. (*Hardy.*)
   Bel exemplaire.

283. La France intéressée à rétablir l'édit de Nantes.
Amsterdam, Henry Desbordes, 1690, in-12, v. f.
tr. dor. (*Rare.*)

284. ENTRETIEN du maréchal de Luxembourg avec
l'archevêque de Paris dans les champs élyzéens.
Cologne, 1695, in-12, mar. r. tr. dor. frontispice.
(*Hardy.*)

285. MÉMOIRES de la cour de France, pour les années 1688 et 1689, par madame la comtesse de
la Fayette. *Amsterdam, Jean-Frédéric Bernard,*
1731, in-12, mar. r. fil. tr. dor. (*Hardy.*)

286. LES AMOURS de madame de Maintenon, épouse
de Louis XIV, roi de France. *Villefranche,* 1694,
in-12, mar. v. fil. (*Bauzonnet.*)
   Exemplaire, non rogné, de Charles Nodier, et aux armes de Hope.

287. BRUEYS. Histoire du fanatisme de nostre temps,
et le dessein que l'on avoit de soulever en France
les mécontens des calvinistes. *Paris, Maquet,* 1692,
in-12, mar. rouge, tr. dor. (*Hardy.*)
   Très-curieux frontispisce, 1re édition.

288. BRUEYS. Histoire du fanatisme de notre temps...
(édition augmentée de l'Obéissance des chrestiens

aux puissances temporelles). *La Haye*, 1755, 4 vol. en 2. bas. (*Portraits, gravures.*)

289. Duval. Histoire du soulèvement des fanatiques dans les Cévennes, lequel a commencé en 1702 et a été terminé en 1705. *Paris, Vion*, 1713, in-12, mar. rouge, tr. dor. jans. (*Hardy.*)

Édition originale.

290. Nouveaux Mémoires pour servir à l'histoire des Trois Camisards, où l'on voit les déclarations de monsieur le colonel Cavallier, etc. *Londres*, 1708, pet. in-8, mar. r. jans. fil. tr. dor. (*Hardy.*)

291. Villars (Lettres de la marquise de), ambassadrice en Espagne. *Amsterdam*, 1760, in-16 (titre rouge et noir), mar. bleu, tr. dor. dos orné. (*Hardy.*)

292. Collection complète de tous les ouvrages contre M. Necker. — Portrait de M. Necker et gravure représentant Mme la princesse de P. avec madame Necker. 3 tomes en 1 vol. v. f. dos orné.

Aux armes du marquis de Chalandray; on y a ajouté plusieurs pièces manuscrites. Très-rare recueil et très-bel exemplaire.

293. Frisius. Historia belgicorum tumultuum tabellis æneis repræsentata, accedit historia tragica de furoribus gallicis. *Lugd. Batav., Van der Bild*, 1619, in-12, mar. viol. tr. dor. frontisp. gravé, portraits. (*Allô.*)

Bel exemplaire.

294. Josias Simler. Vallesiæ descriptio. *Tiguri*, 1574, in-12, v. f. tr. dor. ancienne rel. ornée, avec figures sur les plats.

Curieux pour l'histoire des Vaudois, leurs mœurs, leurs traditions. Rare.

295. Perrin, Lionnois. Histoire des Vaudois et des Albigeois. *Genève, Mathieu Berjon*, 1618, in-12, mar. r. jans. (*Hardy.*)

Bel exemplaire.

296. Histoire de la persécution des vallées de Piémont, contenant ce qui s'est passé dans la dissipa-

tion des églises et des habitants de ces vallées arrivée en l'an 1688. *Rotterdam, Abraham Acher,* 1688. — Les Complaintes des captifs en Babylone, ou l'Anniversaire de l'entrée des dragons en la province de ***. *Amsterdam, s. d.,* in-12, vél.

297. Avis fidèle aux véritables Hollandois touchant ce qui s'est passé dans les villages de Bodgrave et de Swammerdam, et les cruautés inouïes que les François y ont exercées. *S. l.,* 1663, in-12, v. m.

Aux armes de lord Stuart de Rothsay.

298. Busbequii omnia quæ extant. *Elzevir.,* 1633, in-32, mar. r.

299. Mémoire pour servir à l'histoire d'Angleterre, concernant la mort du dernier comte d'Essex. *Londres, Henri Cadman,* 1685, in-12, mar. r. jans. n. rog. (*Hardy.*)

300. Mémoires de la cour d'Angleterre, par madame D... (d'Aulnoy). *La Haye, Mendert Uytwerf,* 1695, 2 tom. en 1 vol. pet. in-12, mar. r. fil. tr. dor. (*Hardy.*)

Bel exemplaire.

301. Les Juges juges se justifiant, ou Récit de ce qui s'est passé en la condamnation et exécution de quelques-uns des juges du dernier roy d'Angleterre (Charles Ier), les temps de leur mort, les discours qu'ils ont tenus. *Jourte la copie imprimée à Londres,* 1663, 1 vol. in-12, dos et coins de mar. rouge, tr. dor. (*Hardy.*)

Très-rare.

302. Rider's British Merlin (Almanach pour l'année 1781). 1 vol. in-12, mar. r. riche reliure à compartiments.

303. Mémoires de la cour d'Espagne sous le règne de Charles II, 1678-1682, par le marquis de Villars. *Londres, Trübner,* 1861, pet. in-4, portr. phot. mar. r. fil. tr. dor. (*Petit.*)

304. VRAY DISCOURS de la cruelle bataille donnée par le sérénissime roy de Portugal et le roy Xarise, au roy de Fees Maluc; la mort d'iceux roys, le nombre des gentilshommes signalez tuez en ladite bataille; aussi ceux qui sont captifs et détenus par les Turcs mores; traduit d'espagnol en françois. *Paris, Nicolas Bonfons*, 1578, pet. in-8 de 8 ff. fig. sur bois, mar. r. fil. tr. dor. (*Hardy*.)

305. COMENTARII di Gabriello Symeone Fiorentino sopra alla Tetrarchia di Vinegia, di Milano, di Mantoua et di Ferrara. *In Venegia, per Comino Datrino di Monferrato*, 1546, pet. in-8, bas.

---

306. LA CHESNAYE DES BOIS. Dictionnaire de la noblesse, contenant les généalogies des familles nobles de France. *Paris, veuve Duchesne*, 1770-1785, 15 vol. in-4, mar. r. fil. tr. dor. (*Masson et Debonnelle*.)

Très-bel exemplaire.

307. ESTIENNE DE CYPRE, de la royale maison de Lusignan. Les Généalogies de soixante et sept très-nobles et très-illustres maisons, partie en France, partie estrangères, yssues de Mérovée, fils de Théodoric II, roi d'Austrasie, avec le blason et déclaration des armoiries que chacune maison porte. *Paris, Guillaume Lenoir*, 1587, pet. in-4, mar. r. tr. dor. dos orné. (*Hardy*.)

Rare.

308. MANUEL TYPOGRAPHIQUE, par Fournier jeune. *Paris, Barbou*, 1764, 2 vol. pet. in-8, frontispice gravé, mar. r. fil. tr. dor. (*Derome*.)

Très-bel exemplaire du comte de la Bédoyère.

309. J. JANIN. L'Amour des livres. *Paris, Miard*, 1865, in-12, mar. r. dos orné.

Tiré à 200 exemplaires. (Vers sur la garde, par J. Janin.)

310. Bibliographie des ouvrages relatifs à l'amour, aux femmes, au mariage, par M. le comte d'I***. *Paris, Gay,* 1864, in-8, demi rel. v. f.

311. Otto Lorentz. Catalogue général de la librairie française pendant 25 ans (1840-1865). *Paris,* 1867-71, 4 vol. in-8, demi-rel. mar. r. dos et coins, tr. jasp.

FIN.

ORDRE DES VACATIONS.

Première vacation. — *Lundi 9 décembre 1872.*

Nos 1 à 154

Deuxième vacation. — *Mardi 10 décembre.*

155 à 311

Chaque jour de vente il y aura exposition publique à une heure de l'après-midi.

CONDITIONS DE LA VENTE.

Les acquéreurs payeront 5 centimes par franc applicables aux frais.

Les livres devront être collationnés sur place, dans les vingt-quatre heures de l'adjudication. Passé ce délai, ou une fois sortis de la salle de vente, ils ne seront repris pour aucune cause.

M. Adolphe Labitte se chargera de remplir les commissions des personnes qui ne pourraient assister à la vente.

Paris. — Imprimerie de Georges Chamerot, rue des Saints-Pères, 19.

RED.:

20

MIRE ISO N° 1
NF Z 43-
AFNOR
Cedex 7   92080 PARIS LA DEFENSE

graphicom

BIBLIOTHEQUE
NATIONALE
DE FRANCE
****

CHATEAU
DE
SABLE
1995